SUPERTATEN

NOSON Y LLYSIAU BYW

Dewch i gwrdd â Sue a Paul:

Mae Sue Hendra a Paul Linnet yn gwneud llyfrau gyda'i gilydd ers 2008,
pan feddylion nhw am *Beni a'i Fysedd Rhyfeddol*. Ers hynny dydyn nhw ddim wedi stopio.
Os ydych chi erioed wedi meddwl tybed pa un sy'n ysgrifennu a pha un sy'n darlunio,
dyma'r ateb ... mae'r ddau yn gwneud y ddau beth!

I'n ffrind hyfryd Steve

Cyhoeddwyd yn 2022 gan Wasg y Dref Wen,
28 Heol Yr Eglwys, Yr Eglwys Newydd,Caerdydd CF14 2EA, ffôn 029 20617860.
Testun a'r lluniau © 2021 Sue Hendra a Paul Linnet
Y Fersiwn Gymraeg © 2022 Dref Wen Cyf.
Cyhoeddiad Saesneg gwreiddiol 2021 gan Simon & Schuster UK Ltd,
1st Floor, 222 Gray's Inn Road, Llundain WC1X 8HB
dan y teitl *Supertato Night of the Living Veg.*
Mae hawl Sue Hendra a Paul Linnet i gael eu cydnabod fel awdur ac arlunydd y gwaith hwn
wedi cael ei ddatgan yn unol â Deddf Hawlfraint, Dyluniadau a Phatentau 1988.
Cedwir pob hawl, gan gynnwys yr hawl i atgynhyrchu'r gwaith yn ei gyfanrwydd
neu'n rhannol mewn unrhyw ffurf.
Adargraffwyd 2022
Argraffwyd yn Yr Alban gan Bell & Baines

SUPERTATEN

NOSON Y LLYSIAU BYW

Sue Hendra
Paul Linnet

DREF WEN W

Roedd hi'n amser ofni yn yr archfarchnad ac roedd Tomato'n ysgwyd,

roedd Ciwcymbr yn crynu,

Wel, ddim yn syth, ond fe ddaeth yn y pen draw ...

CWSG - DATEN
I'R ADWY!

"Beth sy'n digwydd, lysiau?
Pam rydych chi gyd
mor ofnus?"

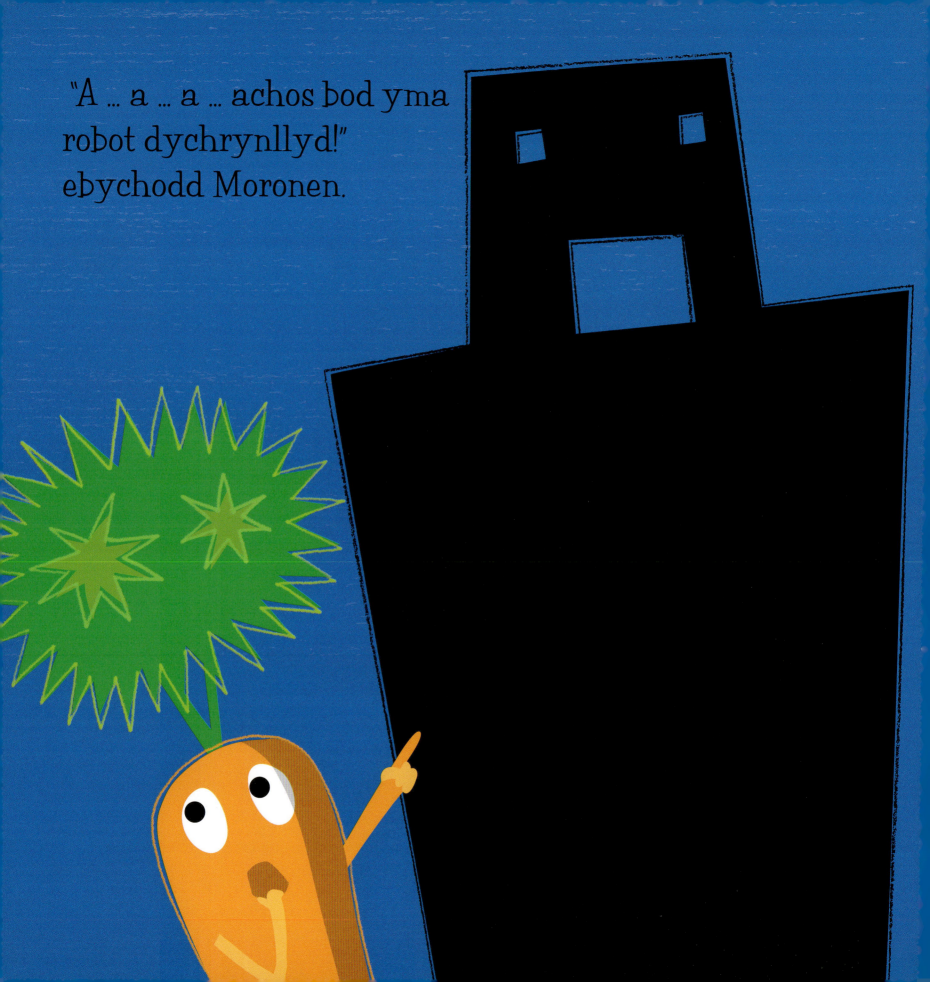

"A … a … a … achos bod yma robot dychrynllyd!" ebychodd Moronen.

"A gwrach gas!"
llefodd Tomato.

"Ac ysbryd ysgeler!"
wylodd Ciwcymbr.

"Na, na, na. Nid robot dychrynllyd yw hwnna, Moronen. Dim ond ychydig o focsys grawnfwyd a bisgedi.

"Ac nid gwrach gas yw honna, Tomato. Dim ond hen fop a chôn traffig.

Ac nid ysbryd ysgeler yw hwnna, Ciwcymbr. Dim ond ...

"... Pinafal!
Beth yn y byd rwyt ti'n ei wneud lan fan 'na
gyda'r tywelion a'r cadachau?"

"Rydyn ni'n cuddio rhag y pethau arswydus, Supertaten!"

"Ar hyn o bryd, Pinafal, ti ac Oren
YW'r pethau arswydus! Nawr,
i lawr â chi.

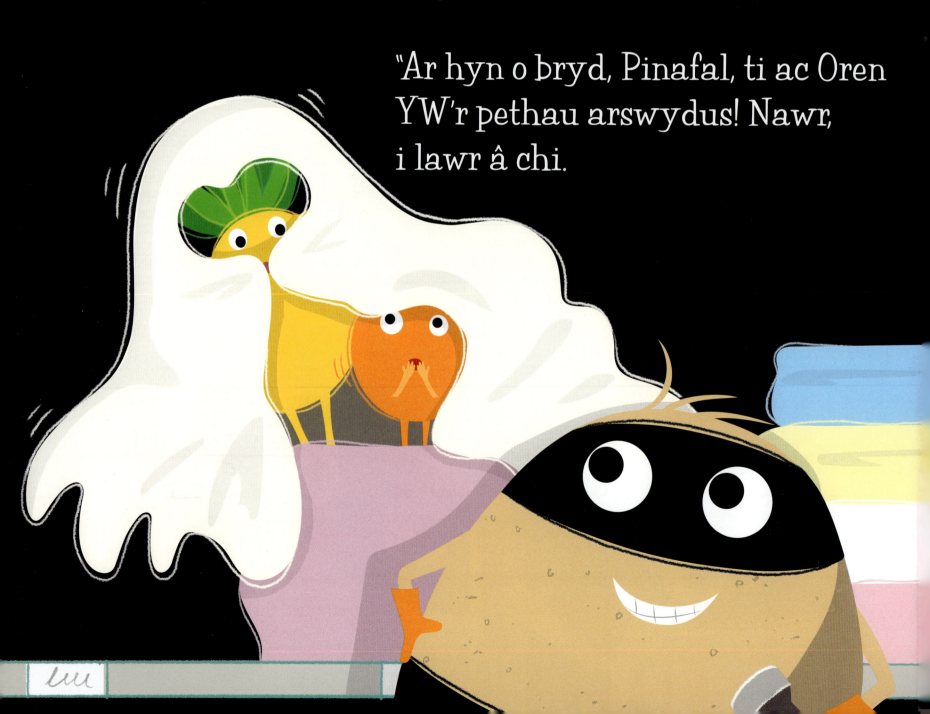

Edrychwch, lysiau bach, does dim byd i boeni amdano, wir i chi. Dwi'n meddwl ei bod hi'n bryd i ni fynd yn ôl i'n gwelyau."

"Ond beth am y synau arswydus, Supertaten?"

"Pa synau ar ..."

Wwwwwwwwwwwwwwwwwwww

"Hmmm ...," meddyliodd Supertaten. Efallai fod gan y llysiau bwynt.

"Nawr peidiwch â mynd o flaen gofid.
Mae'n amlwg bod rhywbeth y tu ôl i'r
bocsys yna ...

Wwwwwwwwwwwwwww

Mae RHYWUN yn ceisio codi ofn arnon ni,
ac mi fentra i fy mod i'n gwybod pwy!"

"Wel, nid fi yw e, os mai dyna rwyt ti'n ei feddwl," meddai'r Bysen Gas, gan glosio'n nerfus at y llysiau.

"O."

"Wel, os nad y Bysen yw e," gwichiodd Tomato, "yna BETH yw e?"

Dechreuodd pawb fynd i banig.

"Nawr gan bwyll, bawb," meddai Supertaten. Ond cyn iddo allu dweud rhagor ...

"ARHOSWCH!" gwaeddodd Brocoli, "Dwi'n gwybod beth yw e ..."

Safodd pawb yn stond a gwrando'n astud.

"Mae hen chwedl yn sôn am y Llysiau Byw –
yn hwyr y nos, pan nad oes neb o gwmpas ...

maen nhw'n crwydro eiliau gwag
yr archfarchnad ...

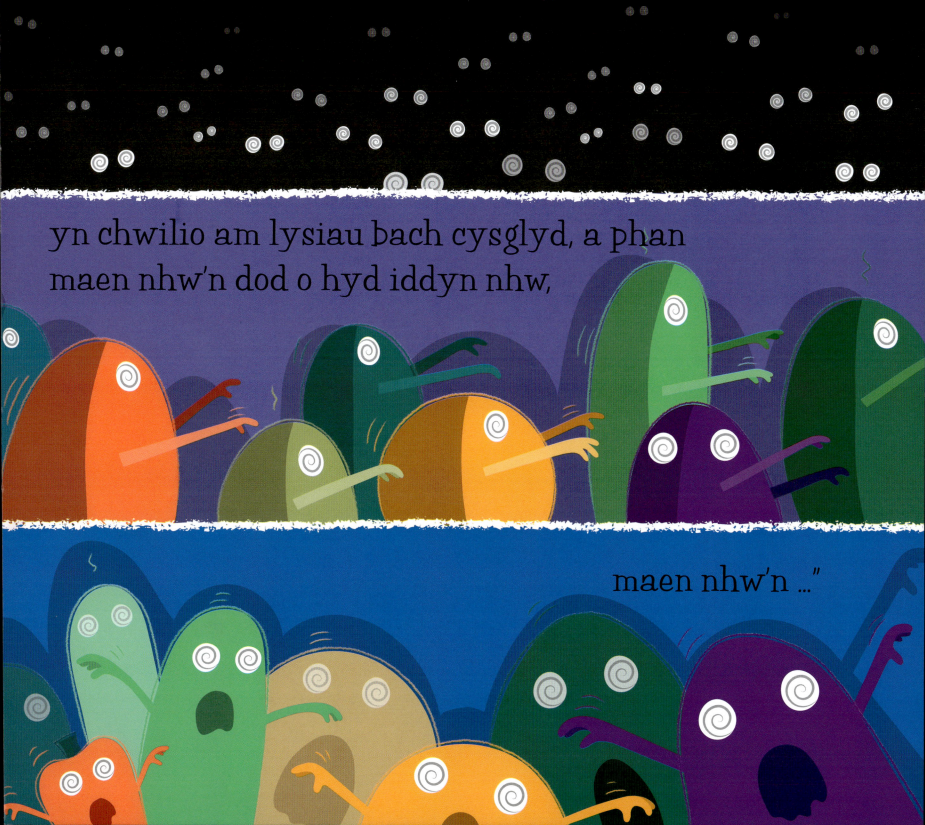

yn chwilio am lysiau bach cysglyd, a phan
maen nhw'n dod o hyd iddyn nhw,

maen nhw'n ..."

"Dyna hen ddigon, diolch yn fawr, Brocoli,"
meddai Supertaten, yn bendant.
"Mae hyn yn mynd dros ben llestri nawr.
Gadewch i ni gyd ymdawelu a ..."

"Hishshsht!" meddai Brocoli.
"Gwrandewch, bawb!"

A dyna pryd clywon
nhw'r sŵn ...
llusgo ...

"Y Llysiau Byw sy 'na – maen nhw
YM MHOBMAN!"

"Mae rhywbeth wedi fy nal i!" meddai llais.

"Mae rhywbeth wedi dal pwy?" gwaeddodd Tomato.

"Fi!" gwaeddodd Supertaten. "Maen nhw wedi fy nal i gerfydd fy nghlogyn i! Oes unrhyw un yn gallu cyrraedd y switsh golau?"

Llamodd Ciwcymbr i fyny, ac yn sydyn reit ...

... dyma nhw'n eu gweld nhw!

Nid y Llysiau Byw oedd yno –
ond cannoedd o bys bach,
yn cwyno ac yn achwyn fel Som-bys.

"Supertaten, helpa ni, plîs.
Allwn ni ddim cysgu!" llefodd
y pys, gan dynnu o hyd wrth
glogyn Supertaten.

"Does neb byth yn darllen stori cyn cysgu i ni."

"Bysen Gas, dylet ti wybod yn well," meddai Supertaten. "Dim rhyfedd bod dy bys di'n crwydro ac yn cwyno fan hyn. Sut rwyt ti'n disgwyl iddyn nhw fynd i gysgu heb gael stori?

Does bosibl bod pawb yn gwybod pa mor bwysig yw darllen i rai bach amser gwely?

Nawr dewch, bawb. Dilynwch fi!

Mae'n amser stori!
Nawr, ydy pawb yn gyfforddus?"

"Ydyn, Supertaten!"

"O'r gorau 'te, fe ddechreua i ddarllen.
Roedd hi'n nos yn yr archfarchnad …"

SUPERTATEN